DU MÊME AUTEUR

aux éditions Casterman

Barbak l'étrangleur

Prix Tatoulu 1999

Pauvre Alfonso !

Une moitié de wasicun

Prix Saint-Dié jeunesse 1996

Vieille Gueule de papaye

Prix jeunesse d'Eaubonne 1997

Nisrine et Lucifer

Les secrets de Faith Green

Tam-Tam "Je bouquine" 1998,

Prix du livre d'Or des jeunes lecteurs de Valenciennes 1999,

Prix des lecteurs du collège Pablo-Neruda de Bègles 1999,

Prix "Eté du livre" jeunesse de Metz 1999,

Prix du roman historique de Poitiers 1999,

Prix littéraire du collège de Bayeux 1999,

Grand Prix des jeunes lecteurs de la PEEP 1999,

Prix des incorruptibles 1999,

Prix Chronos Suisse 2000,

Prix des jeunes lecteurs, Thoigny-sur-Marne, 2000,

Prix "Plaisir de lire", Auxerre, 2000,

Prix Versele 2000 (catégorie 5 chouettes),

Prix Mange-livres de Carpentras 2000,

Prix Auvergne-Sancy 2001

Des crocodiles au paradis

La deuxième naissance de Keita Telli

Ba Prix "Graine de Lecteurs" de Billère 2001

Trèfle d'or

Les frontières

Teri-Hate-Tua

Les Hermines

L'esprit des glaces

aux éditions Hachette

Txontxongilo

Camille la louve

Aurélien Malte

La guerre des plaines bleues

aux éditions Thierry Magnier

L'ogre blanc

Le père Tire-Bras

COMME LA VIE

JEAN-FRANÇOIS CHABAS

TRÈFLE D'OR

ILLUSTRÉ PAR FRANÇOIS PLACE

casterman

ROMANS

Angélique, Naïma, Aline, Émilie,
Lucie, Laëtitia, Sandra, Chantal,
Doriane, Amandine, Jennifer,
Gregory, Frank, Loïc, Julien, Vincent,
Tony, Jean-Claude, et tous les autres,
que j'ai rencontrés au L.P.
Léonard-de-Vinci de Trith-Saint-Léger.
Ce livre est pour vous.

Jean-François

1

En 1848, un homme et une femme fuirent l'Irlande, où sévissait la terrible famine de la pomme de terre, et s'installèrent en Georgie, au sud des États-Unis. Ils se marièrent dans la ville de Colombus et, au cours des années qui suivirent, eurent trois enfants qui successivement disparurent bébés, de maladie ou de privations. Alors que ces jeunes Irlandais désespéraient, un quatrième enfant naquit – ils l'appelèrent Patrick – et ce garçon-là ne mourut pas. Je vois dans cette survie la première manifestation de son caractère.
Patrick O'Donnell, mon grand-père. L'être humain le plus dur que j'aie jamais connu, celui aussi que j'ai le plus aimé.

Les événements dont je veux vous parler se produisirent en 1920. Ils ont pour héros Patrick O'Donnell, qui entrait alors dans sa soixante et unième année, un ouvrier noir de dix-sept ans, Leroy Moor, qui travaillait pour la compagnie des chemins de fer, et un pur-sang arabe nommé Golden Clover, ce qui signifie Trèfle d'or. Le trèfle est l'emblème de l'Irlande.

Quant à moi, Sean O'Donnell, je n'étais qu'un témoin: des yeux et des oreilles. Je ne pris aucune part à l'histoire. Un enfant de six ans plus curieux qu'une pie, prompt à se dissimuler, à se faufiler comme un rat, à ramper même à l'instar du serpent, voilà ce que j'étais. On pourrait imaginer qu'à cet âge, il me fut impossible de comprendre tout ce que je vis, et c'est vrai: je ne compris pas tout. Il me fallut des années pour mettre en place dans mon cerveau les péripéties auxquelles j'avais assisté. Malgré cela, je pense que Leroy Moor, Golden Clover et mon grand-père décidèrent pour une grande part, sans le savoir, des orientations de ma vie future. J'ai quatre-vingt-six ans, mais je me souviens très bien de ces journées.

2

« ON AURAIT plus vite fait de planter une carotte dans une plaque d'acier que de faire changer d'avis un Irlandais. » Voilà le genre de phrase qui circule sur notre compte, et je crois que c'est exagéré. Même si ce n'est pas tout à fait faux. Certains Irlandais sont pires que d'autres, et sans conteste Patrick O'Donnell fut un de ceux-là, un des grands champions de l'obstination hargneuse. Jeune homme, il devint maréchal-ferrant. C'est de là, me dit-il un jour, que lui vint sa passion pour les chevaux. À force de travail, il racheta sa forge avant d'avoir trente ans ; à quarante-deux ans, il se lança dans la plantation de cacahuètes avec l'argent que lui avait rapporté la vente des cinq forges qu'il avait acquises entre-temps ; à cinquante ans, il était millionnaire, et à l'époque de notre récit, on le disait un des hommes les plus importants de l'État. Il terrorisait tout le monde, sans exception.

Ses enfants, mes oncles et tantes et mes parents, ainsi que mes cousins et mes frères et sœurs vivaient sur sa propriété et lui obéissaient comme à l'un de ces empereurs d'autrefois qui vous faisaient jeter dans la fosse aux lions juste pour badiner.
Inutile de dire que je me liquéfiais d'effroi au moindre de ses regards.

En 1920, dans le sud des États-Unis, la quasi-totalité des Blancs étaient racistes. Pour eux, les Noirs ne représentaient rien de plus que des bêtes de somme, à peine des humains. L'esclavage n'avait pris fin que quelques dizaines d'années auparavant et, dans les faits, cela n'avait guère changé. Blancs et Noirs mangeaient séparément, travaillaient séparément, dormaient séparément. Je dis que tous les Blancs étaient racistes et, aussi pénible que cela puisse être, il me faut bien admettre que notre famille n'était pas en reste. Sans manifester la folie des enragés du KKK* – ces assassins minables déguisés avec leurs draps sur la tête –, toujours en quête d'une victime à lyncher, nous méprisions la peau sombre des nouveaux affranchis, ces gens que nous ne connaissions pas puisqu'il était inconcevable de les fréquenter.

* KKK : Ku Klux Klan. Organisation raciste anti-Noirs, antisémite, anticatholique, antitout. Prône la violence et la haine. *(Note de l'auteur)*

Golden Clover avait été vendu à mon grand-père par un éleveur de chevaux européen. L'étalon arabe, payé une véritable fortune, avait un caractère assorti à celui de Patrick O'Donnell. Non seulement il refusait de se laisser monter, mais encore ne pouvait-on l'approcher sans prendre le risque de recevoir un coup de sabot. Comme on devait s'y attendre, dans un premier temps le tyran des cacahuètes s'enticha du cheval qui lui ressemblait tant. Il éclata même d'un rire primesautier quand le monstre arracha d'un coup de dent l'oreille d'un lad qui s'était aventuré trop près de son box.

— Il n'est pas né, le gars qui posera ses fesses sur cet enfant de salaud, clamait-il en adressant – de loin – des gestes affectueux à l'étalon.

Malgré tout, il en vint à souffrir de ne pouvoir que regarder son cheval, sans jamais le toucher, et il se mit en quête d'un dresseur. Son argent et son entêtement n'y firent rien : il ne trouva personne. Le moins avisé d'entre les hommes qui s'étaient proposés affirma que la seule chose à faire avec un engin pareil, c'était de lui coller une balle dans l'oreille, de le découper et de le donner aux chiens. Mon grand-père reconduisit l'inconscient à coups de botte dans les fesses; encore cet homme dut-il à la présence de témoins le fait de ne pas subir ce qu'il avait préconisé pour Golden Clover.

3

PATRICK O'DONNELL n'aimait pas qu'on lui résiste. Hommes ou bêtes lui devaient allégeance. J'ai dit combien il effrayait sa famille et les gens qui travaillaient pour lui. Mais Golden Clover tenait tête au vieil homme qui en vint à s'exaspérer.

— Tu sais qui je suis ? Tu sais que j'ai droit de vie et de mort sur ta sale carcasse ? Tu m'entends, Clover ?

L'étalon le fixait, retenu dans son élan meurtrier par l'espoir que l'humain s'approcherait assez pour le déchiqueter. Ces face-à-face me fascinaient, lutte entre les seigneurs de deux mondes.

Humilié par son impuissance, mon grand-père en eut assez. Comme il ne pouvait se résoudre à revendre ou faire tuer ce cheval qu'il aimait, il l'exila dans un champ à l'autre bout de la propriété, un petit morceau de terrain entouré de hautes barrières striées de fil barbelé.

Leroy Moor s'éteignit en 1971, à soixante-huit ans, entouré de ses enfants et petits-enfants. Il avait été un des premiers ingénieurs noirs de l'État de Georgie. Ayant appris les conditions de vie de cet homme durant son enfance, je ne peux qu'admirer la volonté dont il fit preuve pour s'élever socialement, à une époque où des obstacles infranchissables s'élevaient devant ceux des anciens esclaves qui aspiraient à une vie meilleure. Les destins sont étranges; bien tortueux souvent. Car Leroy Moor eût aussi bien pu être tué, en 1920, quand il se lia d'amitié avec Golden Clover.

Son équipe de terrassement, qui travaillait à l'entretien des rails de chemin de fer, passait le long de la plantation de cacahuètes de mon grand-père, là où précisément se dressaient les barrières barbelées du champ réservé au féroce étalon.

Comment le lien se fit-il entre l'homme et le cheval? Quelle formule magique le jeune ouvrier avait-il prononcée? Personne ne le saura jamais; Leroy Moor n'était pas bavard, et sans doute devinait-il qu'il y a des choses que les mots ne peuvent expliquer.

Un des contremaîtres de la plantation, accompagné d'un assistant, surprit le jeune homme en train de caresser les naseaux de Golden Clover à travers les barbelés. Il dut être partagé entre deux motifs de stupéfaction: pourquoi cette sale bête sanguinaire se lais-

sait-elle tripoter par un nègre, et comment ce nègre avait-il l'audace de toucher à un cheval appartenant à monsieur O'Donnell ?

Il poussa l'assistant derrière un arbre et se dissimula à ses côtés pour assister à la scène; les caresses duraient sans que l'étalon ne bouge une oreille; il fallut que les compagnons du jeune homme insistent – « On a du boulot, amène-toi » – pour que celui-ci consente à les suivre.

— Si ce moricaud remet ça demain, je lui casse les reins, promit le contremaître.

Puis il sortit sa flasque de bourbon, but une longue rasade et, se passant le dos de la main sur les lèvres, décida:

— Non. Je ferai mieux que ça. J'en parlerai au patron. Ça me fera bien voir, et puis ce vieux pourri trouvera une punition plus dure que la mienne, on peut lui faire confiance.

— Vous ne croyez pas que ça risque de le mettre fou de rage ? demanda l'assistant qui lorgnait la flasque.

— Hé, hé. Si ! Mais sa rage, c'est sur le nègre qu'elle passera. Y a du sang dans l'air.

Depuis les hautes branches de l'arbre où j'étais perché, celui-là même derrière lequel ils s'étaient dissimulés, je les vis s'éloigner en gloussant. Cela faisait trois jours que j'assistais en cachette aux démonstrations d'amitié de Leroy Moor et du cheval.

4

JE FAILLIS MANQUER l'affrontement de Leroy Moor et Patrick O'Donnell. En effet, mes parents, qui partaient quelques jours pour Atlanta afin d'y faire des achats, voulaient m'emmener avec eux. Je m'inventai des maux de ventre assez convaincants pour empêcher mon voyage, pas trop sérieux cependant afin que je ne sois pas surveillé étroitement ou qu'un médecin en vienne à me faire subir des examens qui entraveraient ma liberté. On me laissa à la garde d'une gouvernante dont je savais que je la flouerais sans risque.

En effet, il me suffit de passer par une fenêtre, alors qu'elle dormait dans la pièce voisine, et de courir à travers les champs pour rejoindre les branches de l'arbre. Golden Clover, planté au milieu de sa prison, l'encolure frémissante, attendait l'arrivée de Leroy Moor.

— Dieu me damne, Brown, vous passerez un mauvais quart d'heure si vous m'avez dérangé pour rien, grogna Patrick O'Donnell.

— Je vous jure bien, monsieur, je vous jure bien que je ne me serais pas permis... Mettons-nous là, le nègre ne nous verra pas.

Le contremaître commençait à regretter son idée. Depuis mon perchoir, je le voyais passer nerveusement la main dans ses cheveux gras. Dans l'autre, il tenait son chapeau, déférence marquée à l'égard du suzerain. Ils n'attendirent pas longtemps; bientôt surgit, au détour du chemin sinueux, le groupe d'ouvriers noirs. Golden Clover hennit, puis, encensant, le poitrail gonflé, s'approcha de la barrière hérissée de métal. Leroy Moor se détacha du groupe et dit, d'une voix à peine audible:

— Je suis là, petit marquis.

Allez savoir pourquoi il l'appelait ainsi. Je suppose que ce nom plaisait au cheval. Le jeune homme passa le bras à travers les griffes du barbelé et caressa Golden Clover qui se rapprocha encore, au risque de se blesser contre l'acier.

Combien de temps le cérémonial silencieux dura-t-il avant que résonne dans le matin le hurlement de mon grand-père?

— Moricaud du diable! Qu'est-ce que tu fais à mon étalon?

Patrick O'Donnell se précipita vers le champ, tandis que le jeune Noir s'écartait des planches et se plantait, jambes un peu trop écartées, face à la charge du dragon.

— Je ne fais rien, monsieur. Je caresse le cheval.

Sa voix était très grave pour son âge, et bien posée.

— Mais comment, comment...

Le vieux étouffait d'indignation, il en avait du mal à parler. Les autres ouvriers s'éloignaient précipitamment sur le chemin.

— Mais je pourrais te faire fouetter jusqu'au sang !

— Pour avoir touché votre cheval ? Sauf votre respect, monsieur, vous êtes fou. Et le temps des esclaves est passé.

Patrick O'Donnell, homme riche et considéré, blanc de surcroît, eût pu faire assassiner un ouvrier noir sans en subir la moindre conséquence. Quelques pots-de-vin, quelques pressions politiques, et le tour eût été joué. À cette époque, c'était ainsi. Mon grand-père le savait, et Leroy Moor le savait.

— Ah, je suis fou ?

J'entendis le ricanement du contremaître qui était resté près de l'arbre. Peut-être se disait-il qu'on lui accorderait le plaisir d'exécuter lui-même le nègre insolent. Mais Patrick O'Donnell avait autre chose en tête.

— Comment as-tu fait pour approcher mon cheval ?

— C'est lui qui m'a appelé.
— Tu veux me faire croire une chose pareille ? Golden Clover t'a appelé ? Tu te moques de moi, sale moricaud ?
— Vous m'avez assez insulté comme ça, monsieur. Je m'en vais.
— Tu resteras ici jusqu'à ce que j'en aie fini avec toi.
Leroy Moor tourna les talons; mon grand-père lui saisit le bras, mais le jeune homme se retourna et le repoussa avec violence. Patrick O'Donnell tomba, les fesses dans la poussière.
— Hé ! Hé, toi ! hurla le contremaître.
Mais Leroy Moor prenait déjà sa course sur le chemin.

5

ON COMPRENDRA qu'une grande part de mon récit a été reconstituée après coup quand, à force d'inquisition, j'ai saisi l'affaire dans son ensemble. Je n'ai donc pas assisté à toutes les scènes que je raconte. Certaines d'entre elles m'ont été rapportées, des années plus tard parfois.

Je n'avais que six ans, mais cela ne m'empêchait pas de savoir qu'humilier le tyran en lui faisant goûter la poussière était une espèce de suicide. Je ne me demandais pas si le jeune insensé serait puni. Il le serait. Mais quelle serait cette punition ?

Patrick O'Donnell, comme beaucoup de caractériels, se montrait imprévisible. Il ne se livra pas à d'épouvantables représailles, se contentant sur le moment de faire venir chez lui, de force, le jeune ouvrier que des hommes de main n'avaient eu aucun mal à retrouver.

Le maître des cacahuètes déclara qu'il voulait bien passer par-dessus sa conduite scandaleuse si Leroy Moor lui révélait le secret qui lui permettait de caresser Golden Clover. Mais le jeune Noir répéta qu'il n'y avait pas de secret, mis à part le fait qu'il s'entendait bien avec les animaux, avec les chevaux tout particulièrement. Patrick O'Donnell lui fit alors une proposition qui, pour l'époque et compte tenu des circonstances, était extravagante: il le paierait trois fois ce qu'il gagnait sur les chantiers s'il acceptait de dresser Golden Clover.

— Je ne suis pas dresseur, monsieur. Je n'ai jamais fait ça. Et puis...

Et puis, bien entendu, on n'avait jamais vu un Noir dresser des pur-sang pour un propriétaire blanc ; il était légitime de s'étonner d'une telle demande.

— Quoi ? Tu veux cet argent, oui ou non ?

La majorité des Noirs vivaient alors dans la misère. Leroy Moor me raconta plus tard qu'il avait failli refuser, mais qu'il avait pensé à sa famille, à ses frères et sœurs qui ne mangeaient pas à leur faim.

— D'accord, monsieur O'Donnell.

— Ah ! Une dernière chose, mon garçon: porte encore une fois la main sur moi, et je te fais dévorer par mes chiens.

Leroy Moor devait commencer le dressage de Golden Clover trois jours après avoir réglé ses affaires sur le chantier de chemin de fer. En attendant, mon grand-père tourna en rond, aussi gracieux qu'un ours dans un salon de thé. Je le suivis de loin, un matin, alors qu'il allait voir l'étalon. Il s'approcha de l'enclos et je l'entendis susurrer, d'une voix mielleuse que je ne lui connaissais pas:

— Bonjour, petit marquis!

Golden Clover le regarda et se détourna. Je jure que je lus du mépris dans ses immenses yeux sombres.

— Saleté de bourrin ! cria le vieux. Marquis de mes fesses ! Un suppôt de Belzébuth, voilà ce que t'es ! M'étonne pas que tu t'entendes avec l'autre !

Il fit volte-face si rapidement que je n'eus pas le temps de me dissimuler.

— Et toi, Sean, espèce de fouine, va jouer ailleurs. Je ne suis pas d'humeur.

6

Autant le dire sans attendre: le dressage de Golden Clover ne fut pas une réussite. La seule personne jamais capable de monter l'étalon fut Leroy Moor. Ainsi qu'il l'avait dit à mon grand-père, il n'avait aucune connaissance théorique en équitation, en débourrage, en quelque technique que ce soit; il était incapable d'éduquer le pur-sang au bénéfice d'autres cavaliers. Mais il attirait sa sympathie, ou son amour, quel que soit le nom qu'on puisse donner à l'affection que prodigue un cheval.

Alors que je m'attendais à des imprécations, à une débauche de jurons et peut-être à des coups, cet état de fait ne provoqua pas la colère de Patrick O'Donnell, qui semblait satisfait, au bout du compte, de voir son cheval apprivoisé par un humain, même un seul... Une semaine après qu'il eut commencé à s'occuper de lui,

Leroy Moor put monter l'étalon. À cru, il tournait dans le petit champ, et mon grand-père criait:

— Il va bien, hein ? N'est-ce pas qu'il va bien ?

— Oui, monsieur O'Donnell. Parlez moins fort, ça le rend nerveux.

Je n'étais sans doute pas le seul à avoir remarqué que, du moment où le jeune Noir fut monté sur le dos de Golden Clover, Patrick O'Donnell ne l'appela plus jamais « moricaud » ou quoi que ce soit de ce genre. Il disait « Leroy ».

Le jour vint où l'étalon et son cavalier sortirent de l'enclos. Grand-père les accompagnait, chevauchant un hongre plus docile.

— Que saint Brendan me foudroie, mon garçon, si tu n'es pas né pour monter ce cheval ! bramait-il en admirant l'assise de Leroy Moor qui continuait à monter sans selle, ainsi qu'il en avait l'habitude.

Ils longeaient les champs de cacahuètes, où les Noirs, pour un salaire de misère, travaillent à augmenter la fortune des O'Donnell. Je ne sais ce que pensait Leroy

Moor; je crois qu'à sa place j'aurais été très mal à l'aise. Il faut essayer d'imaginer Patrick O'Donnell, trapu, les favoris descendant jusqu'au coin des maxillaires, ses traits durs, son costume blanc anglais et, en face de lui, Leroy Moor, maigre, flottant dans une salopette de toile grise, ses immenses mains aux doigts spatulés se croisant sur le bas de son ventre, comme pour se protéger d'un coup que le vieux lui asséněrait par surprise. Ils étaient si différents.

Le temps passa; mon grand-père et le jeune homme montaient ensemble tous les jours, quand les affaires de la plantation n'occupaient pas le tyran des cacahuètes. Puis vint la période où Patrick O'Donnell commença à rire. Qui sait ce que lui racontait Leroy Moor? D'ordinaire, le vieux usait très parcimonieusement de l'humour, et ce rire, qu'on n'entendait jamais auparavant, résonna à travers les champs comme une pluie nouvelle. Il fallut encore quelque temps pour que se joignent à lui les éclats plus clairs de la joie du jeune homme.

Mon grand-père prenait tous ses repas à la table familiale; il va de soi que ses enfants et petits-enfants étaient eux aussi tenus de se conformer à cette règle. Mais un soir, à dîner, Patrick O'Donnell déclara qu'on ne devait pas l'attendre pour le déjeuner du lendemain. Il était invité.

Cela ne manqua pas d'étonner l'assemblée. Le vieux n'acceptait jamais d'invitations, pas plus qu'il ne recevait. Comme personne n'avait l'audace de lui poser de question, le silence s'installa un temps, avant que Patrick O'Donnell ne reprenne:

— Je vais manger chez Leroy.

7

La chambre de mes parents jouxtait la mienne. Ainsi ce soir-là entendis-je les éclats de voix de mon père.

— Tu te rends compte, Emma ? Il a perdu la tête ! Le plus grand planteur de Georgie qui va bouffer chez les nègres ! Déjà qu'il passe son temps avec ce petit merdeux ! Il devient sénile.

Ma mère ne répondait pas. Je crois qu'elle était une des rares personnes, sur la plantation, qui ne détestait pas le vieux. Mais il était très difficile de savoir ce qu'elle pensait, car même si elle fut toujours très douce avec moi, avec tout le monde d'ailleurs – et elle était très aimée –, cela ne l'empêchait pas de professer l'opinion de la majorité : il allait de soi que nous étions supérieurs aux Noirs et que nous n'avions rien de bon à gagner à fréquenter ces gens.

C'est le personnel blanc de la plantation qui prit le plus mal ce fameux déjeuner. Si le patron commençait à partager les repas des anciens esclaves, c'était la fin de tout. J'entendais, çà et là, des murmures indignés.

Il se trouva qu'à ce déjeuner – je donnerais cinq ans de ma vie pour y avoir assisté, mais il me fut raconté – était présent à table un oncle de Leroy Moor, qui exerçait la profession de forgeron. Mon grand-père et lui trouvèrent aussitôt un terrain d'entente, car dans la pratique du ferrage, cet oncle, Ursus Moor, utilisait les mêmes techniques que Patrick O'Donnell, techniques que le vieil Irlandais croyait révolues.
Il engagea aussitôt l'oncle à travailler pour lui, contre un salaire avantageux, pourtant celui-ci refusa ; je ne sais de quel prétexte il usa, mais la vérité était qu'il se méfiait des caprices des Blancs.
Plusieurs siècles de maltraitance et de haine raciale suffisent aisément à expliquer cette méfiance. Certains Blancs ne réussissent pas à comprendre pourquoi, aujourd'hui encore, ils sont accueillis fraîchement, et parfois avec hostilité, dans les réserves indiennes ou dans les quartiers noirs. Ils disent qu'eux ne sont pas responsables des erreurs d'autrefois, que s'ils aiment les Indiens, les Noirs, pourquoi cet amour ne leur est-il pas rendu ? Il faut que ces Blancs imaginent leur

peuple massacré, humilié, chassé de ses terres, réduit en esclavage, empoisonné, violé, frappé à coups de fouet pendant des centaines d'années. Qu'ils essaient ensuite de se représenter le temps qu'il leur faudrait pour pardonner à ceux qui ont agi ainsi. Et même à leurs descendants. La bonne conscience individuelle ne suffit pas. Il faut laisser passer le temps du pardon.

Patrick O'Donnell revint enchanté de ce déjeuner. À soixante et un ans, il venait de découvrir que les Noirs avaient, somme toute, des choses à dire, que leur cuisine était tout à fait mangeable, et qu'on pouvait passer avec eux de bons moments.

Il reprit ses promenades avec Leroy. Mon père et ses frères et sœurs ne décoléraient pas, et je suis persuadé, pour y avoir souvent repensé, que la jalousie entrait pour une bonne part dans leur emportement. Jamais le vieil Irlandais ne s'était conduit ainsi, jamais il n'avait été aussi chaleureux qu'avec Leroy Moor, pas même avec ses propres enfants.

Quant aux Blancs qui, eux, n'étaient pas de la famille mais fréquentaient la plantation ou y travaillaient, leur exaspération croissait sans le secours de quelque jalousie. L'assurance qu'un des leurs les trahissait suffisait à enfler leur ressentiment.

Un matin, le tyran des cacahuètes trouva le mot, glissé sous la porte de sa chambre: «*Laisse tomber les négros, O'Donnell. Fais honneur à ta race.*»

8

LE VIEUX, après avoir relu le message pour la tablée, le froissa et le jeta à terre.

— Je voudrais bien savoir comment ce... cette chose est arrivée dans ma chambre.

On se regarda avec inquiétude. Le patriarche affichait cette expression des mauvais jours qui voulait qu'on fît très attention à ce qu'on dirait ou ferait. Je crois que mon grand-père se demandait si quelqu'un, parmi la famille rassemblée, n'était pas l'auteur du mot.

— « Faire honneur à ma race. » C'est bien ce que dit ce bout de papier, n'est-ce pas ? J'y ai réfléchi. En fait de race, je pense que vous serez d'accord pour admettre avec moi que nous sommes avant tout... des Irlandais ! Et quelle est la qualité première des Irlandais ? Sean ?

— Ne craindre ni hommes ni bêtes, ni le Diable et son cortège, récitai-je.

— Très bien. Pour faire honneur à ma race, donc, je décide d'inviter à dîner, dès ce soir, mon jeune ami Leroy Moor.

La nouvelle tomba dans un silence de mort, avant que William, le plus jeune frère de mon père, ne se décide.

— Père, vous ne vous rendez pas compte. Déjà, sur la plantation, on dit que vous vous négrifiez. Vous allez perdre toute autorité. Tout ça va mal finir. Ce n'est pas parce que ce négrill...

Patrick O'Donnell frappa du plat de la main sur la table, ce qui eut pour effet de renverser quelques verres et de faire taire mon oncle aussi sûrement que s'il avait été frappé d'une balle.

— William, tu n'es pas attentif. J'ai dit: « mon jeune ami Leroy ». *Ami*. Ce mot signifie que personne dans cette maison ne le traitera de négrillon. Pour vous, il sera monsieur Leroy Moor.

Dans sa fureur, mon père se dressa comme un diable à ressort. Il renversa sa chaise et s'en fut à grands pas rageurs. Le maître des cacahuètes sourit, puis se versa une tasse de café.

Leroy me le raconta, presque trente ans plus tard: afin qu'il paraisse à son avantage et ne se sente pas déplacé parmi les costumes des hommes de ma famille, mon grand-père lui avait proposé des vêtements qu'il avait

refusés, par orgueil. Ce fut donc habillé de son éternelle salopette et chaussé de godillots qu'il fit son entrée chez nous.

Personne d'autre que le vieux ne parla à table, même s'il avait obligé chacun des membres de la famille à être présent. Leroy jetait des coups d'œil à la dérobée pour voir comment les convives manipulaient leurs couverts, et il n'ouvrait la bouche que pour répondre à Patrick O'Donnell. Vers la fin du repas cependant, il commença à prendre de l'assurance et une conversation plus ouverte s'engagea entre le jeune homme et son aîné. Je me souviens qu'il était question de chiens, Leroy Moor affirmant que rien n'était plus beau et plus puissant qu'un mâtin de Naples, mon grand-père défendant la cause des airedales terriers. Plusieurs fois, le vieux posa la main sur l'épaule ou le bras du jeune homme, pour une étreinte rapide et bourrue. Nous qui nous méfiions tant des Noirs attendions de ce contact une manifestation biblique, quelque chose comme un foudroiement venu du Ciel, mais rien de tel ne se produisit: quoi de plus banal que deux amis qui rient ensemble ?

9

PATRICK O'DONNELL obtint d'Ursus Moor qu'il vienne ferrer Golden Clover, même si l'oncle de Leroy ne travaillait pas pour lui d'ordinaire. Ce ne fut pas tâche aisée, mais le jeune homme et le forgeron en vinrent à bout. Le pur-sang était magnifique. De mon grand-père j'ai hérité l'amour des chevaux, et je crois pouvoir affirmer qu'on ne vit jamais en Georgie plus belle bête que ce Trèfle-là. Il n'avait plus l'allure hirsute de l'époque où personne ne pouvait l'approcher pour le soigner et, brossé plusieurs fois chaque jour par Leroy, bouchonné, étrillé, il brillait comme un diamant à facettes, ses muscles affleurant une peau tendue.

Par un lourd soir d'été, Patrick O'Donnell et son ami se tenaient à quelques mètres de l'étalon qui se régalait d'un seau d'avoine et, comme toujours, je les observais, caché derrière un large abreuvoir de bois sombre.

— Bon, vous allez le toucher maintenant, hein ? Il est temps, dit le jeune Noir.

— Leroy, mon gars, par Lucifer et sa fourche, il te manque un morceau de cerveau. Je n'ai pas envie que ce vaurien me tranche une main, ou me perfore le ventre à coups de sabot.

— Je croyais que les Irlandais avaient autre chose que du jus de navet dans les veines.

Épouvanté, je me cachai les yeux de la main. Bon sang. Dire ça au vieux...

Une fois de plus, Patrick O'Donnell me surprit. En lieu et place de l'explosion que j'attendais, il fit entendre un ricanement satisfait.

— Petit futé. Tu veux que je te dise ? Toi, tu mériterais d'être irlandais. Sûr que tu dois avoir dans les veines une petite part de sang vert* pour être malin comme ça. D'accord, je te suis.

Golden Clover s'immobilisa, tandis que les deux hommes l'approchaient. Puis il se redressa de toute sa hauteur – croyez-moi, il avait une bonne taille au garrot – et son corps entier vibra d'attente inquiète.

— Petit marquis, maintenant, tu dois laisser monsieur O'Donnell te caresser. C'est bien le moins. Il est ton maître, il te nourrit.

* Le vert est la couleur symbole de l'Irlande.

L'étalon posa le front sur la main noire tendue à plat vers lui.

— Caressez son cou, monsieur O'Donnell. Il aime bien ça, n'ayez pas peur.

Mon grand-père dansait d'un pied sur l'autre.

— Peur ? Je n'ai pas peur, par les cent mille cratères de l'enfer. C'est juste que...

Golden Clover fit un très léger écart, et le vieux sursauta.

— Oui ! oui, j'ai peur. Pourquoi est-ce que tu veux me faire toucher cette sale carne ?

— Parce que vous en avez envie depuis des mois et que tant que vous ne l'aurez pas fait, vous ne serez pas satisfait. Donnez-moi la main.

Leroy prit mon grand-père par le poignet et le força à s'approcher du cheval. Un instant plus tard, ils frottaient de concert l'encolure soyeuse. Golden Clover accepta la caresse, puis se déroba lentement et s'éloigna en dépliant les pattes avec morgue, comme s'il était conscient de sa beauté. Peut-être l'était-il, après tout.

— Merci, dit Patrick O'Donnell.

Leroy Moor souriait dans la moiteur du soir.

10

« O'Donnell, dernier avertissement. Continue à fricoter avec tes négros, et tu paieras. »
Cette fois-ci, on avait trouvé le mot sur la table de la salle à manger, et mon grand-père ne réagit que par un éclat de rire. Son caractère devenait chaque jour plus amène. Il bavardait des heures entières avec Leroy Moor et sa famille. Trois fois, il les avait invités à dîner avec nous. Mon oncle William quitta la plantation, avec femme, enfants et bagages, pour s'installer à Montgomery, en Alabama. Il ne revint que de très longues années après, mais c'est une autre histoire.

Les membres de la famille se divisèrent en deux camps: ceux qui courbaient la tête et serraient les dents en attendant la fin des lubies du tyran des cacahuètes, et ceux qui changeaient d'avis, même si c'était d'imperceptible façon.

À la sortie d'un de ces dîners, alors que le groupe des convives s'était éparpillé aux alentours de notre immense maison, mon père dit à ma mère:

— D'accord, Emma, je ne peux pas prétendre le contraire, ils ont l'air de gens bien. Mais ils sont noirs, tout de même! L'autorité de mon père est sapée non seulement sur la plantation, mais aussi auprès des voisins. Tout le monde le prend pour un dingue. Ou un traître.

— Il est heureux, en tout cas. Depuis que je suis venue vivre ici, je ne l'ai jamais vu comme ça.

— Heureux de satisfaire son caprice, oui. Ces Noirs sont pour lui un jouet dont il se lassera.

Beaucoup de gens pensaient cela, à l'époque. Les années qui suivirent le démentirent. Il y eut aussi l'après-midi, seize jours après cette conversation entre mes parents.

Il arrivait que Patrick O'Donnell se promène à pied avec Leroy Moor, et Golden Clover les suivait comme l'aurait fait un chien. C'était un cheval aussi bizarre que splendide. Les sens toujours en éveil, il savait que j'étais dans les parages, mais ne se retournait jamais franchement pour me voir. Il coulait un œil en biais, juste assez pour me surveiller. Cet étalon féroce, à demi fou, qui emboîtait le pas aux deux hommes, à

l'instar du plus placide des caniches, offrait un spectacle que je n'aurais manqué pour rien au monde.

Au cours de cet après-midi, Leroy Moor et son ami parlaient d'animaux. C'était leur sujet d'élection.

— Ça fait combien de temps qu'on se connaît, Leroy ? Pas loin d'un an, pas vrai ? Et depuis tout ce temps, tu me bassines avec tes lévriers. Je veux bien être pendu si ces sales clébards maigrichons...

— Mâtin de Naples pour le combat, lévrier pour la course. C'est comme ça.

— Et l'Irish setter ? Qu'est-ce que tu en fais ?

— Je lui mets un nœud-nœud rose sur le crâne et je le donne à une petite fille pour qu'elle lui fasse des bouclettes avec son fer à friser.

— Ahahah, ah ! des bouclettes !

Mon grand-père donna un coup de poing sur l'épaule du jeune Noir.

— Un nœud-nœud rose ! Gamin, y a pas plus insolent que toi. Le bon Dieu t'a fait la langue plus abrasive que de la toile émeri !

Occupés à leurs lazzis, ils n'avaient pas encore aperçu le groupe qui s'approchait sur le chemin. J'eus peur tout de suite, parce que je savais ce que ces hommes voulaient.

11

— T'AURAS ÉTÉ PRÉVENU. On l'a payé assez cher, ton loufiat, pour qu'il trouve le courage de déposer nos avertissements chez toi. Tu veux pas piger ? Alors, tu vas payer.

Ils étaient cinq, solides, chacun armé d'un manche de pioche ; leurs visages étaient masqués par des foulards. Là où nous nous trouvions, pas très loin de l'endroit où mon grand-père avait autrefois exilé Golden Clover, personne ne pouvait nous venir en aide. Caché derrière mon buisson, je pensai à courir pour aller chercher du secours, mais j'étais si effrayé que je ne bougeai pas. Le meneur poursuivit sa diatribe.

— Les négros, c'est bon pour le champ, la mine ou le chantier. Ça n'a rien à faire à la table d'un Blanc.

Patrick O'Donnell posa les poings sur ses hanches, et c'est d'une voix tranquille qu'il répondit:

— Pour commencer, sale capon, montre-moi ton

visage quand tu t'adresses à moi. Ensuite, tu es sur mes terres et je ne t'y ai pas invité. Pour finir, il y a un an j'étais aussi con que toi, mais mon ami Leroy ici présent et sa charmante famille m'ont fait changer d'avis. Quand je pense qu'avant je te ressemblais, ça me fait frémir. Y a vraiment de quoi dégueuler, pas vrai ?

Il réussit à éviter le premier coup de manche de pioche, mais le deuxième le frappa au bras. Il jura et, tête la première, se jeta sur son adversaire qu'il renversa de cet impact de bélier dans l'estomac. Ils roulèrent à terre dans un concert de malédictions. Le groupe d'hommes les entoura en grognant. Ils me faisaient penser à une meute. Rien n'est plus abject, rien n'est plus effrayant qu'un paquet d'êtres humains soudés par la haine et le goût du sang.

On avait oublié Leroy, qui contemplait la scène bras ballants, bouche entrouverte, image vivante de l'indécision terrifiée. À cette époque, un Noir mêlé à une rixe avec des Blancs était pour ainsi dire condamné à mort.

— Monsieur O'Donnell ! gémit-il, assez fort pour qu'un des hommes se tourne vers lui.

— Hé, les gars ! Faudrait pas oublier le nègre !

Hurlant soudain, comme pour rompre le maléfice qui le retenait, le jeune homme se jeta dans la bataille.

Les plongeurs, pour échapper aux requins, se placent dos à dos et peuvent ainsi résister à un grand nombre de squales. Je suis bien certain que, combattant séparément, Leroy et mon grand-père auraient été vaincus dans l'instant. Mais appariés, ils se déchaînèrent. Peut-être durent-ils leur force à ce qu'ils défendaient leur vie, mais autre chose encore. Il ne s'agit pas que de se battre. Encore faut-il savoir pourquoi on le fait.

Si quatre des assaillants réussirent à s'enfuir, c'est qu'ils avaient sagement décidé de se mettre à courir devant cette furie inattendue.

Les hommes, en ce temps-là, étaient solides et plus durs à la peine qu'aujourd'hui. Mais tout de même, le nez écrasé comme un pancake et la main formant un angle suffisamment étrange avec l'avant-bras pour dénoncer la fracture, celui des héros de la cause blanche qui restait sur le terrain n'était pas beau à voir. Regardant, hébété, son poignet cassé, il se tenait face aux deux hommes ensanglantés.

Le foulard traînait dans la poussière du chemin. Patrick O'Donnell le désigna, du bout du bâton qu'il avait arraché aux vaincus.

— Vas-y, Parks, remets-le. Tu vas attraper froid.

Lionel Parks était notre voisin. Un voisin en mauvais état, et je lisais dans ses yeux qu'il craignait pour sa vie.

— Ramasse-le ! cria mon grand-père. Bien. Et remets-le sur ta sale bobine, t'es trop moche.

L'homme s'exécuta. Appuyé sur l'épaule de Leroy Moor, le vieux pointa le gourdin.

— Écoute bien ce que je vais te dire, Parks. Si je te revois sur mes terres, tu mourras, aussi vrai que j'ai une langue pour te le jurer. Tu peux transmettre le mot à tes copains. J'aurai toujours sur moi mon Schofield.45, et il y aura un accident. C'est clair ? Et s'il arrivait quoi que ce soit à Leroy ou à sa famille, je veillerais à ce que vous soyez écrasés comme des blattes. Enfin, sache que je transmettrai mes volontés à un certain nombre des gens qui travaillent pour moi. Si vous me faites assassiner, il y aura quelqu'un pour vous retrouver et vous châtier.

12

JE N'OSAIS toujours pas bouger de derrière mon buisson, malgré les crampes douloureuses de mes cuisses et le soulagement qui me poussait à des gambades. Lionel Parks s'éloignait en traînant la jambe; Leroy Moor et mon grand-père s'assirent dans l'herbe du bas-côté. Ils ne disaient rien. Visages levés vers le ciel, comme si en pleine journée il y avait des étoiles à consulter, ils respiraient fort. De l'arcade sourcilière de Patrick O'Donnell s'écoulait un large filet de sang qui suivait l'aile du nez et lui coulait dans la bouche. Leroy Moor tendit son mouchoir.

— Appuyez ça dessus, ça coule trop. Il va falloir vous recoudre.

— Mon garçon, tu ne t'es pas regardé. C'est toi qui as besoin de t'éponger. On jurerait que tu as servi de paillasson à un troupeau d'éléphants.

Golden Clover arrachait de larges touffes d'herbe, dans un crissement régulier qui résonnait fort, au cœur du silence qui suivait le fracas.

Mon grand-père glissa une main dans sa bouche, il y trifouilla quelques secondes, puis brandit une canine, coincée entre pouce et index. Il la montra à son ami et se mit à rire. Leroy pouffa à son tour, et bientôt tous deux se tordirent comme des enfants qu'on chatouille. Quand ils eurent récupéré un peu de souffle, Patrick O'Donnell, plissant les yeux, se tourna vers le soleil déclinant.

— On les emmerde, mon vieux Leroy. On les emmerde tous. Viens, on va se jeter une bonne bière glacée.

Table des chapitres

Comme la vie
JUNIOR / DÈS 10 ANS

Claude Carré
LES MILLE ET DEUX NUITS

Jean-François Chabas
LA DEUXIÈME NAISSANCE
DE KEITA TELLI
TRÈFLE D'OR
LES FRONTIÈRES
LES HERMINES

Hervé Debry
LETTRES À QUI VOUS SAVEZ

Yaël Hassan
UN GRAND-PÈRE TOMBÉ DU CIEL
Prix du Roman jeunesse 1996
Prix Sorcières 1998
Grand Prix des jeunes lecteurs de la PEEP 1998
Prix de la première œuvre, CDDP de la Marne 1999
Prix Mange-Livres de Carpentras 1999
QUAND ANNA RIAIT
Prix des écoliers de Rillieux-la-Pape 2001
Prix Tatoulu 2001
Prix du roman de Mantes-la-Jolie 2001
Prix de la ville de Lavelanet 2001
MANON ET MAMINA
Prix du Livre jeunesse de La Garde 2000
Prix Chronos Suisse 2000
LE PROFESSEUR DE MUSIQUE
Prix Chronos Suisse 2001
Prix Saint-Exupéry 2001
Prix Chronos de littérature pour la jeunesse 2002
UN JOUR, UN JULES M'AIMERA
Prix Julie des lectrices 2002
Prix Salon du livre de Beaugency 2002
LETTRES À DOLLY
DE L'AUTRE CÔTÉ DU MUR

Felice Holman
LE ROBINSON DU MÉTRO
Prix Lewis Carroll 1978

Sylvaine Jaoui
JULIA SE TROUVE TROP GROSSE
JE VEUX CHANGER DE SŒUR !

Rose-Claire Labalestra
LE CHANT DE L'HIRONDELLE
Prix du Roman jeunesse 1999
Prix Chonos suisse 2002
Prix Échappée Livres, Annecy 2002

Roland Lamarre
UN SCÉNARIO BÉTON
LE STOPPEUR

Claire Mazard
MAMAN, LES P'TITS BATEAUX
Prix Tatoulu 2000
Coup de cœur au Prix Ado, Rennes 2000

Aline Méchin
DANS LA PEAU D'UNE FILLE

Joseph Périgot
GOSSE DE RICHE !
TROP AMOUREUX !

Sandrine Pernusch
UNE ANNÉE TOURBILLON

Annika Thor
LE JEU DE LA VÉRITÉ
Prix August de littérature de jeunesse,Stockholm

Jean-Louis Viot
LES CENT MILLE BRIQUES

Colette Vivier
LA MAISON DES PETITS BONHEURS
LA PORTE OUVERTE
LA MAISON DES QUATRE-VENTS